KB042127

데스밸리에서 죽다

시작시인선 0315 데스밸리에서 죽다

1판 1쇄 펴낸날 2020년 1월 10일
1판 4쇄 펴낸날 2023년 1월 18일
지은이 이재무
펴낸이 이재무
책임편집 박은정
편집디자인 민성돈, 장덕진
펴낸곳 (주)천년의시작
등록번호 제301-2012-033호
등록일자 2006년 1월 10일
주소 (03132) 서울시 종로구 삼일대로32길 36 운현신화타워 502호
전화 02-723-8668
팩스 02-723-8630
홈페이지 www.poempoem.com
이메일 poemsijak@hanmail.net

ISBN 978-89-6021-470-5 04810
978-89-6021-069-1 04810(세트)

값 10,000원

*이 책의 국립중앙도서관 출판시도서목록(CIP)은 서지정보유통지원시스템 홈페이지(http://seoji.nl.go.kr)와 국가자료공동목록시스템(http://www.nl.go.kr/kolisnet)에서 이용하실 수 있습니다.(CIP 제어번호: CIP2019053137)

데스밸리에서 죽다

이재무

천년의 시작

시인의 말

지난여름 나는 LA에서 라스베이거스로 가는 길에서 데스밸리를 보게 되었다. 서반구에서 고도가 가장 낮고 여름 기온이 섭씨 58.3도까지 올라간 적이 있으며 여행자와 동물이 쓰러져 죽기도 한다는 데스밸리에서 나는 우리가 잃어버린 시원始原을 보았다. 인간 문명의 허위와 가식이 침범할 수 없는 원초적 순수 생명의 세계. 그곳에서 나는 다시 태어나고 싶었다. 내 지난날의 습기 많은 생生을 묻었다. 데스밸리에서 나는 죽은 것이다.

차 례

제2부

제3부

해 설

제1부

가뭄

몸피가 자꾸만 줄어드는 저수지

아침에 삼킨 소량의 풍경

오후 들어 헐떡이며 게워내고 있다

가을 나무들

번식지와 월동지를 오가는

조류처럼 나무들도 이동을 한다

철새가 서식지를 찾아

대륙에서 대륙으로 이동하듯이

나무들도 절기에서 절기로 이동을 한다

긴 겨울 속으로 떠나기 위해

채비에 여념이 없는 나무들

떨굴 것은 떨구고 털 것은

털어낸 뒤 맨몸 맨정신으로

피정 가는 수사처럼

시간의 먼 길 떠난다

간이역처럼

귀뚜라미 울음소리 한번 듣지 못하고
산국화 한 송이 보지 못하고
보도블록에 떨어진 낙엽 밟으며
마중과 배웅도 없이
가을을 맞고 보냈네
작년에도 재작년에도 오 년 전,
십 년 전에도 간이역을 지나가는 급행열차처럼
나를 빠르게 가을은 지나쳐갔네

감정의 물

밤사이 빗소리가 방에 들어와

내 몸을 실컷 주무르다 간 모양이다

몸과 마음이 후줄근하게 젖어있다

젖은 빨래를 짜듯 비틀어 짜면

감정의 물이 흘러내릴 것 같다

기차가 신탄진역을 지나고 있다

새 여울이란 뜻을 지닌
신탄진은 연초제조창으로 유명한데
오랫동안 읍으로 살다가
엑스포 이후
대전광역시 신탄진동으로 편입되었고
신탄진역은 무궁화호가 섰다가
가는 작은 역이고 시내에는
부추를 넣고 끓이는 칼국숫집이 있고
대학 친구 영배가 서른 해가 넘도록
국어 선생을 하고 아, 스물둘이던가
셋, 이모 집에서 기거한 적이 있는데
이모는 시내버스 운전수였던
이모부를 여의고 생활고에 시달리느라
아키바레 대신 통일쌀로
지은 밥을 먹고 살았는데
70년대 농촌진흥청에서
주곡의 자급 달성을 위해 개발한
신품종 통일벼를 찧어 지은 밥으로
안남미처럼 찰기가 없고 푸석푸석해
불면 밥알이 날아가기도 하였는데

연애 실패 후 나는

자살을 꿈꾸기도 하였는데

시절이 지옥처럼 끔찍했는데

다리 밑 대청댐에서 흘러내려 온

강물은 옛날의 위용을 잃고 기신기신

흐르고 내 청춘의 의붓어미

같은 이것은 지날 때마다 아픈

추억이 자꾸만 덧나는데

김치찌개

오늘처럼 추적추적 비가 내리는 여름 저녁은 양푼에 찌개용 돼지고기와 묵은 김치와 네모나게 썬 두부를 넣고 끓인 찌개를, 갓 지은 밥과 포장 김과 함께 먹고 싶다. 반주도 곁들이면 더욱 좋으리. 얼큰한 국물을 한 숟갈, 두 숟갈 뜨다 보면 이마에 송골송골 땀은 돋아나리라. 싱겁게 살아온 하루를 맵짠 맛으로 달래다 보면 울컥, 설움이 자욱하게 솟기도 하리. 밝은 허공에 못 박듯 사선을 그으며 줄기차게 비가 내리고 열린 창으로 빗소리가 들어와 찌개 속으로 첨벙 뛰어들기도 하리. 안부가 그리운, 먼 곳의 사람아, 얼도 있고 큰도 있는 찌개가 아니라면 우리 어찌 저 매캐한 세월을 건너갈 수 있겠는가. 오늘 저녁은 비가 와서 어둠이 근친처럼 살갑고 먼 곳의 네 얼굴조차 가차이에서 환하다.

겨울밤

죄가 면 수건이라면 좋겠다
더러워지면 빨아서 쓰고 또,
더러워지면 빨아서 쓰다가
너덜너덜해지면 걸레로 쓰고
그마저도 어려워지면 쓰레기통에
버릴 수 있는
면 수건이 죄라면 좋겠다
겨울밤은 길어 꼬리에 꼬리를 물고
지은 죄들이 주렁주렁 떠오르고
겨울밤이 길어 지은 죄를 지우고
다시 죄를 쓴다
겨울밤은 반성하기 좋은 밤이고
죄짓기 좋은 밤이다
겨울밤이 깊어갈수록 죄도 투명해진다
나는 악인이었다가
천사였다가 쫓는 자였다가
쫓기는 자가 된다
몸으로 지은 죄를 머리로
벌하고 머리로 지은 죄를
몸으로 지우는 겨울밤은 깊고 길다

고요의 마을

냇물 속 구름

치어들 몰려와

입질해대면

간지러운 듯

몸 흔들어

놀란 치어들

저만치 물러났다

다시 몰려와

옴찔옴찔

구름의 살

물었다 뱉는다

저 고요의 마을에서

일박할 수 없을까

고목

나무도 한 삼백 년 살면 한 권의 두꺼운 사상이 되고 철학이 된다 더 오래 한 천 년 살면 종교가 된다

구부러지다

강은 강물이 구부린 것이고

해안선은 바닷물이 구부린 것이고

능선은 시간이 구부린 것이고

처마는 목수가 구부린 것이고

오솔길은 길손들이 구부린 것이고

내 마음은 네가 구부린 것이다

국밥

매번 고인께는
면목 없고 죄스러운 말이지만
장례식장에서 먹는
국밥이 제일 맛이 좋더라
시뻘건 국물에 만 밥을 허겁지겁
먹다가 괜스레 면구스러워 슬쩍
고인의 영정 사진을 훔쳐보면
고인은 너그럽고 인자하게
웃고 있더라
마지막으로 베푸는 국밥이니
넉넉하게 먹고 가라
한쪽 눈을 찡긋, 하더라
늦은 밤 국밥 한 그릇
비우고 식장을 나서면
고인은 벌써 별빛으로 떠서
밤길 어둠을 살갑게 쓸어주더라

귀가

나는 60년째 집으로 돌아가고 있는 중이다. 아직 저 멀리 돌아갈 집은 아득하지만 점점 너 가까이 다가가고 있는 것만은 확실하다. 집에 당도할 때까지 울지 말아야 한다. 울음은 집에 가서 울도록 하자.

그리고 내일은 없다

1.

숲에 가서 한 그루 나무로 서서
오는 비를 고스란히 맞고 싶다
비는 어깨를 물었다 뱉고
쇄골에 살짝 고였다가 흘러내려
발등에 수북하게 쏟아지겠지
둔부의 둑을 타 넘거나
가슴의 평원을 지나
샅의 절벽에서는 폭포수가 되어
곧은 소리를 내며 떨어지겠지
숲에 가서 한 그루 나무로 서서
비의 내연이 되고 싶다

2.

오는 비를 가만히 바라다본다

비와 마주 서서 비를 만지며 비와 이야기한다

비 앞에서 세상의 모든 사물은 겸손해진다

밥을 먹을 때처럼 고개를 숙이고 지난날을 헤적인다

생의 한 페이지가 또 그렇게 젖는다

오는 비를 마중하고 가는 비를 배웅한다

기쁘다 구주 오셨네

구주 오셔서 만백성 기쁜 날 구 서울역에서 칼잠 자고 일어난 예수가 지나는 행인에게 담배 한 대 얻어 피우고는 구청에서 운영하는 무료 급식소에 가 긴 줄 끝에 서서 배식 차례가 오기를 기다린다. 미세먼지 자욱한, 낮게 가라앉은 서울 하늘 아래 대형 교회에서는 화려한 조명 속 성탄 예배가 한창이고 크리스마스트리가 반짝이는 거리엔 캐럴 송이 흘러넘치는데 급식소를 빠져나온 예수가 한쪽 다리를 절며 구 서울역 지하도로 돌아가 새우깡 안주로 낮술을 마시는 노숙자들 틈새에 끼여 앉는다.

김밥

김밥은 김빠진 인생들이 먹는 밥이다.
김밥은 끼니때를 놓쳤을 때 먹는 밥이다.
김밥은 혼자 먹어도 쑥스럽지 않은 밥이다.
김밥은 서서 먹을 수 있는 밥이다.
김밥은 거울 속 시들어가는 자신의
얼굴을 힐끔힐끔 훔쳐보며 먹는 밥이다.
김밥은 핸드폰 액정 화면을 들여다보며
먹는 밥이다. 김밥은
숟가락 없이 먹는 밥이다.
김밥은 반찬 없이 먹을 수 있는 밥이다.
김밥은 컵라면과 함께 먹으면 맛이 배가 되는 밥이다.
김밥은 허겁지겁 먹을 때가 많은 밥이다.
김밥은 먹을수록 추억이 두꺼워지는 밥이다.
김밥은 천국 대신 집 한 채가
간절한 사람들이 먹는 밥이다.
먹다 보면 목이 메는 밥이다.
터널처럼 캄캄한 밥이다.
바다에서 난 생과 육지에서 나고 자란
생이 만나 찰떡궁합을 이룬 밥이다.

나는 버려진다

나는 무한정 소비되고
나는 먹히고 삼켜지고 소모되고
나는 지워지고 읽히고
누드가 되어 관람되고
공장에서 출하되는
코드가 새겨진 상품처럼 팔려서
함부로 다루어지다가
마침내 버려진다

나비와 파리

나비는 흘러 다니지만
파리는 날아다닌다

나비는 날자마자 은유와 상징이지만
파리는 앉자마자 직설이자 사실이다

나비는 곡선이지만 파리는 직선이다
나비는 쿨하지만 파리는 집요하다

나비는 소리가 없지만 파리는 시끄럽다
나비는 현실과 꿈을 넘나들지만
파리의 실존은 꿈 바깥에 있다

나비는 하늘을 편애하지만
파리는 지상을 고집한다

나는 나비를 꿈꾸는 한 마리 파리
나는 끈질기게 살아남기 위해
오늘도 부산스럽게 붕붕거린다

낙화

나무 밑 수북하게 쌓인 꽃잎들

교전이 끝난 뒤 남은 탄피들

노래

가을 깊어지면 파란색 셔츠를 입고 휘파람 불며 들길 걸으리

바람과 햇살에게 고개 숙여 지난 계절의 수고에 대해 경의를 표하리

먼 곳에 사는 정인에게 손 편지를 쓰고

구름 밀며 나는 새들에게 손 흔들어주리

산 너머 내가 가야 할 미래의 나라 서쪽 하늘을

우두커니 서서 한참을 바라보리

털갈이 마친 짐승이 되어 회색 면바지에 흙물 들도록 걷고 걸으리

더욱 차갑고 투명해진 개울물 소리 얻어다가 문장을 지으리

눈물

산속

바위에 앉아

울창한 수목 사이

떠도는 구름 보며

옛일 떠올리니

목 가득

그을음 차오르고

눈의 수면

찢어 떨어지는

물방울

바위에 구멍을 뚫네

다이아몬드

서양인이 들어오기 전 아프리카 소녀들은 다이아몬드 원석으로 공기놀이를 하고 있었다.

서양인들이 다이아몬드를 발견한 뒤로 아프리카는 다이아몬드 사냥꾼들의 차지가 되었다.

다이아몬드 최대 산지인, 최빈국 시에라리온은 내전이 끝나지 않고 있다.

다이아몬드를 캐지 못하게 하고 또 투표를 할 수 없도록 반군들은 소년병들에게 마약을 먹여 주민들의 손을 자르게 했다.

다이아몬드는 축복이 아닌 저주가 되었다.

신은 아프리카를 버렸다.

달콤한 거짓말

달콤한 거짓말이 좋아

내게 거짓말을 해줘

찰흙처럼 밀가루 반죽처럼

쫀득하고 말캉한

거짓말로 나를 주물러줘

비 오는 봄날 오후는

거짓말을 지껄이기에 좋지

취할수록 몽롱해지는

거짓말이 좋아

내게 거짓말을 해줘

가물가물 아지랑이로

나를 이곳에서

저 멀리로 데려다줘

달빛 속에는
—오민석에게

달빛 속에는 이스트가 들어있나 봐
달빛 받은 것들은 부풀어 오른다
강물이 부풀어 올라 출렁거리고
바다는 부풀어 올랐다 깊어지고
산길이 부풀어 올라 꿈틀거리고
지붕과 언덕과 산이 부풀어 올라
솟아오르고
꽃이 부풀어 올라 활짝 피고
항아리가 부풀어 올라 불룩하고
태어나 처음 사랑을 만난
소녀의 가슴이 부풀어 올라 봉긋하고
늦도록 잠 못 드는 사내의
회한과 슬픔이 부풀어 올라 범람한다
달빛 속에는 이스트가 들어있나 봐
세상은 달빛 받아
높아지고 넓어지고 깊어진다

덤불에 대하여

새에게 덤불은 얼마나 아늑한가

바람과 비와 눈을 피할 수 있는 곳,
번철처럼 타오르는 햇빛과
바늘처럼 아픈 추위를 막아주는 곳,

집을 지어 알을 낳고 새끼를 치며
슬플 때 즐거울 때 노래를 부를 수 있는 곳,
이른 아침 이슬로 목을 축이고
한밤중 달빛을 덮고 잠을 자는 곳,

새에게 덤불은 얼마나 아늑한가

내가 한 마리 새로 세상을
주유할 때 먼 곳에서 자주 떠올리는
덤불 같은 집은 얼마나 아늑한가

만추

1.

벼 이삭이 여물어가면 무논은 점차 마른논이 되지. 물이 떠난 뒤로 논둑 미루나무가 드리웠던 몸을 꺼내고 한여름 소리의 만화방창 꽃피우던 개구리도 떠나고 한낮 건달처럼 어슬렁대던 구름도 떠나고 밤마다 술청 문턱이 닳도록 드나들던 술꾼들처럼 찾아오던 별빛이며 달빛도 떠나고 오로지 벼 포기들만 남아 햇살과 울력하며 이삭 영그는 데 진력을 다하지. 이삭 떠나는 날 논은 아들딸 여운 양주마냥 갑자기 늙은 얼굴을 하지. 가을도 인생도 저물어 깊어지면 그새 길어진 산 그림자 홑이불 되어 마을을 덮어오지.

2.

가을이 컹컹 짖고 있다

인적 없는 산골

환한 달 보고 짖는 개처럼

나도 한번 짖어볼까

너를 향해

컹 컹

모기들

모기를 잡는다.
손으로 쳐서 잡고
파리채로 때려잡고
성에 안 차면 에프킬라를 뿌려 잡는다.

모기가 참 안되었다고 연민하면서
모기를 찾아 죽인다.

그 옛날 양키들에게 학살당한
인디언들을 떠올리면서
미라이와 제노사이드 참극을 상기하면서
고엽제 네이팜탄으로 죽어간 베트남 인민들을 생각하면서

그까짓 하찮은 따가움 때문에
가려움 때문에
불면 때문에

눈에 불을 켜고
악에 받친 듯
구석구석 숨어있는
모기를 찾아 박멸한다.

목련

사회복지사가 다녀가고 겨우내 닫혀 있던 방문이 열리자
방 안 가득 고여있던 냄새가 왈칵 쏟아져 나왔다 무연고 노
인에게는 상주도 문상객도 없었다 울타리 밖 소복한 여인
같은 목련이 조등을 내걸고 한 나흘 소리 없이 울고 있었다

문

왜 있지?

시골 옛집 창호지 바른,

한밤중 달빛 흘러와
벽면에 벽화를 치고

산에서 뛰쳐나온 새 울음이

구멍도 없는데
방바닥으로 또르르 굴러오고

마실꾼 발자국 소리도
환하게 들려주는,

그러나 마파람 고집은 들이지 않는,

한가운데 손바닥 크기의
창窓을 내어
바깥 동정 살피게 꾸민,

그런 문

내 몸에 내어 살고 싶다

제2부

몰래 온 사랑

밤사이 비가 다녀가셨다
우리가 잠든 사이 도둑처럼 오셔서 산과 들을 깨끗이 쓸고 닦고 가셨구나

나는 이렇게 몰래 다녀간 것들이 좋다

몰래 온 비
몰래 온 눈
몰래 온 사랑

몰래 와서는 존재의 흔적을 남기고 가는 것들

몰래 들어와 내 안에서 기숙하는 사랑아!

올 때처럼 갈 때에도 몰래 가거라

물의 북

무논의 수면

바람도 없는데

무늬를 짓는다

공중을 나는 새가

떨어뜨린 울음

북채가 되어

물 북을 두드린다

벽에 못을 박을 때

단단한 벽에 못을
박을 때 벽의
반동 때문에 아프게
못이 벽 속을 헤집어
파고들 때 못을
박는 소리도 아프게
따라 들어가 벽에 박힌다
그리하여 따라 들어간
소리는 박힌 못과 함께
벽의 일부가 된다

볕 좋은 날

볕 좋은 날
사랑하는 이의 발톱을 깎아주리
공손하게 고개를 숙이고
부은 발등을
부드럽게 매만져 주리
갈퀴처럼 거칠어진 발톱을
알뜰, 살뜰하게 깎다가
뜨락에 내리는 햇살에
잠시 잠깐 눈을 주리
발톱을 깎는 동안
말은 아끼리
눈 들어 그대 이마의 그늘을
그윽하게 바라다보리
볕 좋은 날
사랑하는 이의 근심을 깎아주리

빙하기 들소

빙하기의 들소는 달리다 멈추면 얼어 죽기 때문에 달리기를 멈출 수 없었다. 달리면서 이끼를 뜯어 배를 채우고 달리면서 잠을 자야 했다. 달리기를 멈추었을 때 들소는 선 채로 얼음 조형물이 되었다. 지금 이곳 새로 도래한 빙하기를 달리는 들소 떼들은 힘을 아끼느라 제대로 울지도 못하고 있다.

봄비

1.

공중에 실금

그으며 내리는 비

오가는 어깨들

살짝 물었다 뱉는다

나무가 젖고

지붕이 젖고

입간판이 젖는다

광장이 젖고

교회 첨탑이 젖고

교도소 적벽돌이 젖는다

비 그친

호젓한 산길

간간이 새소리가

생각난 듯

돋아나고

파란 하늘 아래
기차가 들을 달린다

2.
하늘이 또 산하 가득 원유를 쏟아붓는다
초록 불이 연기도 냄새도 없이 아우성치며 솟아올라 무섭게 번지고 있다

저 내리는 비와 초록 불과 더불어 내 마음에 자욱해지는 것들이 있다

불암산에서

부처의 향기가 난다는

불암산 오르내리며

철없는 아기가 된다

중얼중얼 산에게 속말을

건네고 아무도 모르는 죄를

토설하고 투정을 부린다

산과는 심심상인과

교외별전이 이루어지고

나는 산의 일부가 된다

크고 작은 돌들과 우람한 바위들은

오르고 내려올 때 삼가라는 뜻

어린아이로 들어왔으니

어른이 되어 나갈 것이다

세상 어디를 주유하든

내 안에 든 불암산을

오르고 내려올 것이다

빨간 신호등

내가 아는 한 여자는
아침 출근길 차를 급하게 몰다가
신호등에 걸리게 되면 여간 속상하지 않았다 한다.
무료하게 시간을 보내는 게 아까워
어느 날부터는 신호가 풀리길 기다리면서
서두르느라 못다 한 얼굴 화장을 고치고,
해야 할 일을 떠올리고,
지난 일도 돌이키면서
고향에 안부 전화까지 하게 되었다 한다.
또 차창 너머 하늘에 핀 구름 송이며
비껴 나는 새,
흐르는 빗방울 등속도 눈여겨보게 되었다 한다.
그러다 보니 묶여 있는 시간이
달콤하게 느껴져 신호등에 차가
자주 걸리기를 은근 기대하게 되었고
빨간 신호등에 걸리는 횟수가
늘어갈수록 그녀 영혼의 키가 쑥쑥 자랐다 한다.

사람들은 도회에 와서 죽는다

시골에서 태어난 사람들은 도회로 와서 살다가 죽는다

도회에서 태어난 사람들도 도회에서 살다가 죽는다

도회에서 살던 사람들은 죽어서야 도회를 빠져나간다

도회는 죽음이 성시를 이루는 곳

도처에 죽음이 즐비하게 도사리고 있다

죽기도 전에 유령이 된 사람들이 도시 곳곳을 누비고 있다

도시에 낀 안개가 날마다 두꺼워져 간다

안개 낀 도시에 사람들이 부표처럼 둥둥 흘러 다닌다

상수리나무

생활이 나를 속일 때마다 나는 그대가 그립다
그대의 구릿빛 근육을 떠올리고 그대의 한결같은
성정을 떠올리고 또 나는 그대의 벌거벗은 아랫도리
곳곳에 숭숭 뚫린 구멍들을 떠올린다 그 구멍 속을
쉴 새 없이 들고나는, 일개미들과 풍뎅이들과
장수하늘소, 왕텡이들의 여름날 신성한 노동을 떠올린다
그들은 모두 내 유년의 정다운 벗들이다 그 구멍은
내 벗들의 서식처이고 일터이고
숨구멍인 셈인데 아, 이제 와서는
내 마음의 거처가 되어버린 것이다
살아서는 상처의 진액으로 그 많은 식구들을 먹여
살리고 죽어서도 불이 되어 시린 등을 덥혀 주던,
마을에 들어서면 어깨 위에 척하니 가지를 걸치고
환하게 웃어주던 죽마고우, 생활이 나를 속일 때마다
그대가 내게로 온다

서랍에 대하여

수시로 열리고 닫히는 서랍 속에는 귀중품이 없다

어쩌다 인색하게 자신의 속 내보이는

서랍 안에야 들어있는 비밀하고 값진 것들

아, 나는 너무 쉽게 열리고 닫히는 서랍이었다

서서 자는 사람들

바퀴는 쓸모를 다한 뒤에야 눕게 된다는 점에서 말과 나무를 닮았다. 서서 먹고 서서 걷고 달리다가 서서 쉬고 잠자다 죽어서야 눕는 종족들. 나는 출근길에서 서서 먹는 사람과 퇴근길 전동차 안에서 서서 자는 사람을 본 적이 있다.

선풍기

한여름 내내 수도 없이 발가락으로 선풍기를 켜고 끄면서 사랑도 이렇게 켜고 끌 수 있다면 그건 사랑을 노예나 기계처럼 부리는 일이라는 생각에 고개를 좌우로 흔들다가 선풍기는 수요만큼 공급하는 이상적인 바람 공장이라는 생각에 고개를 위아래로 몇 번 끄덕이다가 세상의 모든 도는 것들이 오른쪽을 고집하는 것은 지구의 자전과 상관이 있을 거라 생각하다가 선풍기를 처음 만든 이는 휴머니스트일 거라는 추측에 잠시 고개를 숙였다가 도대체 선풍기처럼 단순하게 사는 인간도 있을까 혀를 끌끌 차다가 혹여 내 인생을 하나님께서 선풍기처럼 켜고 끄며 관장하고 있는 것은 아닐까 하는 생각에 갑자기 속이 더워져 바람의 세기를 한 단계 높이게 되었다.

세탁기

내 서재 뒤 다용도실에는
세탁기가 놓여져 있어
세탁기가 세탁하느라 끙끙대는
소리를 자주 들어야 한다
끙끙, 그 소리는 어찌나 규칙적인지
한참을 듣고 있으면
나도 함께 끙끙거리게 된다
그러니까 우리 집 빨래는 세탁기만 하는 게 아니다
어떤 땐 소리에 취해 내가 나를 두들겨
빨 때가 있는데 잠시 잠깐 머릿속이 맑아지기도 한다
어깨가 쑤시고 목이 뻐근하고
손발이 저린 것이 다 이유가 있었던 것이다
식구들은 내가 얼마나 고되게 사는지 모른다
어쩌다 쓰는 시에도 소리가 들어와 음을 짓는다

세탁소

세탁소는 주름 공장이다.

세탁소에 가면 구부러진

주름을 두들겨 펴고

끊긴 주름 용접하는

주름 수선공이 있다.

주름은 일용할 양식.

푸른 자전거에 올라탄

주름들 휘파람 불며

천천히 골목을 달리고 있다.

소나무

늘 푸른 소나무에게서 나는,

선비의 기개 대신 지루한

권태를 읽는다 완강한

고집을 읽는다 늘 푸른

소나무에게서 나는,

스스로 고립의 감옥에 갇혀

생을 소진한 한 사내의

불우를 떠올려 연민한다

소리들

나는 소리의 형태를 관찰한 적이 있다

미장질 마친 벽처럼 고르고 평평한 소리
건축처럼 돌올하게 솟아있는 소리
유리처럼 투명한 소리 두꺼비 등처럼
우툴두툴한 소리 밀가루 반죽처럼 만질수록
부드럽고 찰진 소리 항아리 뚜껑처럼 둥근
소리 신발 밑창처럼 닳고 닳은 소리
떡가래처럼 길쭉한 소리
나무토막처럼 살갗이 까칠까칠한 소리
벗어놓은 아내의 브래지어같이 속 텅 빈
채 봉긋한, 공갈빵 같은 소리
버드나무 가지처럼 치렁치렁
늘어진 소리 윤슬처럼 은은하게 반짝이는
소리 봄날 아지랑이 아른아른
몽롱한 소리 팔부 능선 기어오르는
달빛처럼 환한, 은륜에 햇살 튕기는 소리

소음들

매 순간 태어났다 사라지는 소음들

어떤 소음은 뚱뚱하고
홀쭉하고
어떤 소음은 무거워 가라앉고
가벼워 붕붕 떠다니고
어떤 소음은 울퉁불퉁 뭉툭하고
뾰족하고
어떤 소음은 맵차고 떫고 쓰고
달고
어떤 소음은 쑤시고 때리고 찌르고 물어뜯고
쓰다듬고 애무한다

파리 떼처럼 날아왔다 날아가는
소음들 저희끼리 멱살 잡고 다투다
치고 패고 할퀴고 빨고 뭉개고 짓밟는다

창창울울 우거진 소음의 숲속에서
오래전 잃어버린 나를 애 터지게 부른다

손

새삼 두 손을 번갈아 바라본다
참 죄가 많은 손이다
여자 손처럼 앙증맞은 이 손으로 나는
얼마나 큰 죄를 저질러왔던가
불의한 손과 악수를 나누고 치솟는 분노로
병을 깨고 멱살을 잡고, 음흉하게 돈을 세고
거래를 위해 술잔을 잡고
쾌락을 위해 성기를 잡고, 잡아왔던가
왼손이 한 일을 속속들이 알고 있는 오른손이
물끄러미 내 얼굴을 바라다본다
펼친 손에는 내가 걸어온 크고 작은 길들이
지울 수 없는 금으로 새겨져 있다
손을 잘라야 할 날이 올지도 모르겠다
손 없이 밥을 먹고 손 없이 책을 읽고
손 없이 사람을 만나 뜨겁게 포옹하며
사는 날이 올지 모르겠다

수평선

신이 바다에 금 긋는 날은

바다의 하루가 고요하지만

신이 바다에 그은 금을 지운 날은

바다의 하루가 몸살을 앓는다

슬리퍼

슬리퍼를 신을 때마다 슬리퍼처럼
편하고 만만했던 얼굴이 떠오른다
슬리퍼는 슬픈 신발이다
막 신고 다니다 아무렇게나 이곳저곳에
벗어놓는 신발이다 언감생심 어디
먼 곳은커녕 크고 빛나는 자리에는
갈 수 없는 신발이다
기껏해야 집 안팎이나 돌아다니다
너덜너덜해지면 함부로 버려지는 신발이다
슬리퍼를 신을 때마다 안개꽃같이
누군가의 배경으로 살았던
오래된 우물 속처럼 눈 속 가득
수심이 고여있던 얼굴이 떠오른다

시월

지금쯤 고향 텃밭에는 배춧속 노랗게 익어가겠다

하늘은 숯불 다리미 다녀간 광목처럼 팽팽하니 푸르고

울긋불긋 술 취한 사내의 낯짝으로 산은 붉게 타오르겠지

밭두둑 꼬투리 튀어 나간 서리태 검정콩들을 주워 담느라

검고 주름진 손 바빠지겠다

억새꽃은 붓이 되어 공중을 한지 삼아

일필휘지하거나 빗자루 되어 하릴없이 쓸어대겠지

담벼락에 널어놓은 이불 홑청 뽀드득 잘 마르는 동안

뒷산 아람 벌어진 밤알들 투둑, 적막을 깨며 떨어지겠지

배추가 떠나는 날 텃밭은 글썽글썽 늙어가겠다

신

이 세계에는

신(God)과 자기 자신이라는

서로 다른 유일신이 존재한다

사는 동안

이 둘은 서로 갈등하다가

하나로 수렴되거나

긴장의 수평 속에서

팽팽하게 반목할 것이다

신발들

만취해 잠든 밤
요기와 갈증으로 깨어나
방문 열고 나오니
어디서 새근새근 환한 숨소리 들려왔네
현관 가득 먼지와 얼룩 뒤집어쓴 채
어지럽게 널브러진 신발들
곤한 잠자며 내는 숨소리였네
뒤축 닳은 아내 신발 배 위에
한쪽 다리 걸쳐놓은 내 신발
한구석 저만큼 외따로 떨어진 채
세상모르게 곯아떨어진 아들 신발
두꺼운 몸 벗어놓고
제멋대로 누워 자는 문수 다른 신발들
이 밤 지나면 또
뚱뚱한 체중들을 신고
해종일 걸어야 할 신발들
나는 뒤집어진 신발 한 짝
바로잡아 주었네

실존주의

인간 이재무는 아버지 이관범과 어머니 안종금 사이에서 태어난 육 남매 중 장남이다.

이재무는 시를 쓰고 출판 일을 하는 사람으로서 지금 사무실에 와있다.

하나의 '이다'와 수백 개의 '있다'로 구성된 존재가 지금의 '나'이다.

쓰러진 나무

나무도 쉬고 싶을 때가 있을 것이다

평생을 서서 사는 일이

어찌 고달프지 않겠는가

푸른 수의와 잿빛 옷 번갈아 입으며

벌받는 자세로 서서 그늘 짜는

일생의 고역에서 놓여나고 싶은

심정이 천둥과 번개를 불러들였을 것이다

나무도 눕고 싶을 때가 있을 것이다

그것이 생을 벗는 일인 줄 알면서

그렇게 수직의 감옥을 벗어났을 것이다

쓴다는 것

스님이 예불을 시작하기 전
새벽 마당을 쓰는 일과
그 옛날 아부지가 식전에 물 뿌려
잠든 마당 깨운 뒤 싸리비로 쓸던 일
마당을 쓰는 일로 하루를 시작했던
마음 이제야 알 듯도 하네
마당을 쓰는 것은 마음을 쓰는 것
밤새 마음 마당에 쌓이고 고인
사념들을 쓸어내는 일처럼 중한 것 어디 있으랴
빗자루 다치지 않게
마당 패이지 않게
정성을 다해 쓰는 일
내가 요즘 글 쓰기 전
거실을 쓰는 것도
스님과 아부지에게서 빌려 온
지혜 더듬더듬 따르기 위함이라네

아무르호랑이

내가 잠자는 시간에 아무르호랑이가 다녀갈 것이다. 백두대간을 타고 내려와 잠든 내 얼굴을 들여다보며 침을 꼴깍꼴깍 삼키다가 아내가 잠결에 내는 잠꼬대 소리에 놀라 줄행랑칠 것이다. 아무르호랑이는 매일 밤 내 목숨을 노려 천 리, 만 리 길을 내달려 오지만 매번 아내의 코 고는 소리에 놀라 달아날 것이다. 세상에 아내의 잠꼬대나 코 고는 소리를 이겨낼 맹수는 없을 것이다.

아지랑이

땅속에는 얼마나 많은

부비트랩 매설되어 있기에

봄의 전선에는 햇살이,

바람이 살짝 발을 디뎌도

소리 없이 초록 연달아

폭발하는 것이냐

초록 터진 자리마다

아지랑이 포연 자욱하다

제3부

어둠

늦은 밤 집에 들어와 벽을 더듬어 스위치를 올리면, 물샐틈없이 방 안 가득 빼곡하게 들어차 있다가 화들짝 놀라 소리 없이 비명을 지르며 순식간에 사라져 책장 뒤, 책 속 페이지, 옷장 속, 침대 밑에 숨죽여 있다가 자려고 다시 스위치를 내리면 소리 없이 함성을 질러대며 일시에 뛰쳐나와 방 안을 삽시에 점령해 버리는, 바퀴벌레과에 속한, 광속처럼 빠른 발을 지닌, 유사 이래 빛과 더불어 가장 오래된 족속

어린것들

풀밭에 가면 막 태어난 풀 냄새들이 젖 뗀 망아지처럼 천방지축 뛰어다닌다. 덩달아 나도 너도 세상도 어린것이 되어 푸르다.

얼큰 수제비

비 오는 날은 수제비가 먹고 싶다
그 옛날 엄니가 끓여 주던 얼큰 수제비
한 대접 비우며 이마에 송송 돋는 땀
옷소매로 훔치고 싶다 비는 내려
유리창에 빗방울 아슬아슬 매달린
처마 낮은 집 어둑한 방에 정인과 마주 앉아
엄니의 살점 같은 수제비 떠먹다 보면
까닭도 없이 매캐한 설움 차올라
천장에 자주 눈을 주기도 하겠지만
일부러 뜸 들이며 해찰해 가며 뜨건
수제비 시원하게 비우고 싶다
살냄새 자욱하게 번지어오는 비
오는 날은 옛날의 깨끗한 가난을 먹고 싶다

엄마에게 쓰는 편지

엄마 돌아가신 나이 47
엄마 떠올려 시 쓰고 있는 내 나이 57
엄마보다 열 살을 더 사는 중입니다

내가 무럭무럭 늙어갈수록 엄마는 점점 더 젊어지겠지요
어릴 적 엄마는 나 잘되라고 종아리 아프게 때리시더니
돌아가신 뒤로는 등짝과 아랫배를 달콤하게 때리십니다

햇살 어지러운 봄날
옛집 뜰에 핀 하얀 목련은 엄마가 부르는 노래이지요?
공활한 가을 하늘 펄럭이며 나는 저 기러기 엄마가 쓰는 필체이지요?

성하의 녹음은 엄마의 여전한 농업이시고
생전에 못다 운 눈물 저리 눈발로 분, 분, 분, 내려서는
층, 층, 층, 삼동의 들녘 캄캄하게 채우고 있는 거지요?
꽃에게서 나는 엄마의 음성을 듣고 새에게서 나는 엄마의 안부를 읽어요

어느 날 굽어가던 키가 땅에 닿을 때

늙은 자식이 젊은 엄마를 안고 울 날이 올 거예요
그때까지는 매연의 도시에서 뻴뻴 그리움을 흘리며
하얀 노래 쉽게 듣고 곡선의 필체 새겨 읽어야 합니다

왕년들

태극기 부대 노인들은 힘이 세다
무장한 군인들 같다
눈을 부라리고 고함을 치고 욕설을 내뱉는
그들을 누구라서 함부로 대거리할 수 있단 말인가
그들은 치외법권 지대에 산다
고장 난 기계처럼 고집 센 그들의 신념은
굳어버린 시멘트처럼 딱딱하고 단단하다
광화문에서 청계천에서 서울역에서 질러대는
그들의 함성이 지열을 들끓게 한다
그러나 시위를 마치고 산개해 각자의
집으로 돌아가는 노인의 몸은
검불처럼 가볍다 광장에서 곧추세웠던 허리도
골목에 들어서면서 구부정해진다
불쾌한 얼굴로 들어서는
노인은 무력하고 초췌하다
힘센 남자가 되기 위하여
일주일에 한 번 주눅 든 과거들은 광장에 간다
미래들을 향해
험하게 욕설을 내뱉고 삿대질을 해댄다

우는 것들

나무도 돌멩이도 바위도 지붕도 담벼락도 벤치도 장광도 저수지도 강물도 채마밭 배추도 오솔길도 신작로도 철길도 해안선도 광장도 간판도

울고 싶을 때가 있을 것이다.

울고 싶은 그들은 비 오는 날, 비의 몸을 빌려 운다. 그러므로 비는 하늘이 내리는 것이 아니라 울고 싶은 심정들이 불러오는 것이다.

비 오는 날 저마다의 가락으로 우는 것들이 있다.

우리 시대의 더위

우리 시대의 더위는 갈 곳이 없다

백화점에서 쫓겨난 더위가,

식당가 커피숍 사우나 지하상가에서 문전 박대당한 더위가,

은행가 의사당 법원 도청 시청 군청 동사무소 관공서에서 내몰린 더위가,

교회와 성당과 절에서 부정당한 더위가,

버스 전동차 기차 승용차에서 거절당한 더위가,

극장 도서관에서 거부당한 더위가,

학교 학원 회사에서 퇴학 퇴원 퇴출당한 더위가,

꽃집 빵집 어린이집 예식장에서 내쫓긴 더위가

유기견 혹은 좀비가 되어

악에 받친 채 거리로,

골목으로 공원으로 역전 대합실로 광장으로 고시원으로 벌방으로

떼 지어 다니고 있다

언젠가 더위가 미쳐 날뛰는 날이 올 것이다

우리 시대의 사용법

편지 봉투에 돈 들어있고 유모차에
벽돌 한 장 들어있고 가위는
김치나 무나 김을 자르고 방망이나
홍두깨는 밀가루 반죽이나 밀고 빈집
대추나무 가지에 걸린 호미는
허공을 매고 키 작은 지붕
위에 놓인 왜낫은
달빛, 바람이나 자르고
식은 굴뚝 새벽이슬 매단 거미줄엔
파란 별빛이나 걸려들어 파닥거리고
금 간 항아리엔 빗물, 산그늘,
새소리나 고이고 회칼은
생선 대신 사람을 찌르고 있다

울음소리

올여름엔 시골집에 내려가
개구리 울음
실컷 듣다가 오고 싶다

다 늦은 저녁 마당에 멍석이 깔리고
두레 밥상에 식구들 둘러앉으면
밥상머리에 겁 없이 뛰어들던 소리
된장국에도 물김치에도 물그릇에도
둥둥, 참외같이 노랗게 떠있던 소리
마실 길에 지천으로 깔리던
울음소리 논둑 미루나무 가지에도 우물 옆 팽나무
가지에도 주렁주렁 열리던 소리
이슥한 밤 소등한 마을
하늘의 별처럼 반짝이던 소리
툭툭, 발길에 채여
아무렇게나 나뒹굴던,
어느 날엔 꿈속까지 뛰어들던 소리

뜰팡 벗어놓은 신발 속에 눈물처럼 고이던
개구리 울음

유년

화창한 봄날

소 풀 뜯기다

해 설핏 기운 때

낙과처럼 떨어지는

종소리

여남은 알 주워 온다

일생

태어나 말 배운 뒤

엄마를 반대하다가

코 밑 수염이 생겨난 뒤로

아버지를 반대하다가

신발의 문수

바꾸지 않게 된 뒤로부터

독재를 반대하다가

배 불룩 나온 뒤로부터

아내를 반대하다가

나 어느새 머리칼

하얀 중노인이 되어버렸다

잘한 일

초등학교 2학년 때였다
담임선생님께서 내게 읽기를 시키셨다
나는 소리 내어 크게 책을 읽었다
이상한 느낌이 들었는지 선생님께서
책을 덮고 읽으라 하셨다
책을 덮고 읽었다
'의좋은 형제'를 다룬 단원이었다
같은 농지에 농사를 짓고 똑같이
수확을 나눈 형제는 서로에게 더 많이
주려고 달밤에 몰래 볏단을 나르다가
논 한가운데서 만난다는 내용이었다
나는 그 단원을 외운 덕에
선생님으로부터 칭찬과 함께
미국의 원조 물자의 하나인
옥수수빵 6개를 상으로 받았다
그때 우리 식구는 할머니가 살아계셨으므로
엄니와 아부지와 육 남매
아홉이나 되었다 내가 가져온
옥수수빵을 식구들은 의좋게 나눠 먹었다
여태껏 내가 한 일 중 제일 잘한 일이었다

오늘은 엄니 기일

불쑥, 그 빵이 떠올라

괜스레 마음에 허기가 생겼다

자국들

내 다니는 회사가 세 들어있는 건물
입구 유리문에는 익명의 손자국들 어지럽다
손자국을 힘껏 밀어야 문이 열린다

그러니까 아침에 나는 저 손자국들에
손을 대고 출근을 하고
저 손자국들에 손을 포갠 뒤
점심하러 나왔다 들어가고
저 손자국들에 내 자국을 묻힌 뒤
퇴근하는 생활을 반복하고 있는 셈이다

손자국들은 서로 포옹하거나 클린치하거나
후배위하거나 부둥켜안고 있기도 하다
놀랍지 않은가, 얼굴도 모르는 이들 손자국들이
난교처럼 한 몸으로 엉켜있다니!

저토록 은밀하게 서로의 체온을 공유하고 있다니!

저수지

1.

저수지는 권태에 관한 책이다
둑에 앉아 동어 반복의 수면을 읽는다
일 년 365일을 읽는다

저수지는 인내에 관한 책이다
둑에 서서 순환 반복의 수면을 읽는다
일평생을 읽는다

2.

거미집은 거미가 허공에 파놓은 저수지

한여름 수면에 둥둥 떠다니는 익사자들

전화

이십 년 만에 아버지로부터 처음으로 전화가 걸려 왔다

야, 재무야!

예?

저수지 물이 얼었다

아, 예!

종신형

예순한 살,
그러니까 나는 엄니의 배 속을 나와 육십 년째 형을 살고 있는 셈이다.

형기를 마치고 출옥할 년도를 나는 모른다.

죽기 전에

1.
죽기 전에 나무 열 그루를 심어야겠다

나무에게서 빌려 쓴 게 그렇게 많은데

난 나무를 위해 해준 게 없다

그들의 울음소리에 가끔은 귀 기울이자

2.
외로운 사람이 읽으며 울고 싶은 시를 쓰리라

배고픈 사람이 읽으면 마음의 배가 부른 시를 쓰리라

빚에 쫓기는 사람이 읽고 난 뒤 위안이 되는 시를 쓰리라

누군가에게 배신당한 사람이 엉엉 웃는 시를 쓰리라

우연히 접한 독재자가 섬짓해하는 시를 쓰리라

지명 수배자가 읽고 찔끔 눈물 훔치는 시를 쓰리라

막차를 기다리는 이가 입술에 올려놓고 읊조리는 시를 쓰리라

새벽 첫차를 기다리는 이가 문득 떠올리는 시를 쓰리라

촌부가 듣고 글썽글썽해지는 시를 쓰리라

돌이킬 수 없는 회한에 젖은 자가 가슴을 치는 시를 쓰리라

먼 여행에서 돌아온 이가 냉수를 찾듯

불쑥 눈에 밟히는 시를 쓰리라

죽기 전에 하늘이여!

추석 전야

추석 명절이 돌아오면 교통사고로
비명횡사한 연년생 동생 재식이 생전 모습 눈에 밟혀 온다
둘째로 태어나 맏이인 내게 치여 살았던 동생
고교 합격 통지서를 찢으며 자기에게는 농사가 더
어울린다며 누런 이를 드러내 웃던 동생
아부지와 다투고 집을 나가서 서울 마장동 우시장
점원으로 한 오 년 일하다가 경기도 안산 농장에 들러
소 한 마리 끌고 마을로 들어선 날은 진눈깨비가
비듬처럼 희끗희끗 날리던 겨울 초입이었다
조합 빚 얻어 우사를 짓고 쓰러진 가계를 일으켜 보겠다고
입을 앙다물던 동생 재식이, 어느 날 대학생 애인을 데리고
부모님을 뵈러 갔을 때 일부러 힘자랑하느라
악수를 건네는 내 손아귀를 아프게 쥐던 동생
몇 번의 맞선 끝에 어렵사리 약혼을 하고 그해
추석 하루 전날 저녁에 예비 장인을 만나러 오토바이 타고 가다가
옆길에서 달려든 경운기를 보지 못하고 부딪쳐 그만
그 자리에서 급사하고 말았지 장가도 못 간 몸이라
종산에도 들지 못하고 한 줌 재로 계룡산에 뿌려져야 했지
가방끈이 짧아 늘 구박만 받던 놈,

객지에서 온갖 설움 받고 돌아와 동네 이장 일 보며
이웃들 대소사 제 일처럼 챙겨주더니
집 안팎 쌓인 일이 태산 같은데 뭐가 급해
세 해 앞서 떠난 엄니 뒤를 따라갔는지
추석이 오면 내 명치끝에 걸린 묵직한 돌멩이로 되살아오는
연년생 동생 재식이

추풍秋風

비단 스카프처럼

가을바람은 맨살에 와서

살갑게 감긴다

가을바람은 자기 몸에서

빠져나온 눈먼 송아지

등짝을 핥는 어미 소의

혀처럼 달콤한 촉감을 남긴다

가을바람은 나를

들판으로 데려가

볕에 온전히 저를 맡기는

벼 이삭을 보여 준다

가을바람은 내가

강과 산과 언덕과 하늘에

속한 사람임을 새삼 일깨워 준다

출석부

이번 주말에는 시외로 나가 들판에 서서 큰 소리로 출석을 부르려 한다

매화 개나리 쑥 나싱개 원추리 산수유…… 네 네 네 네
저기 진달래는 좀 늦을 거예요 걔는 항상 수업 도중에 헐레벌떡 불그죽죽한 얼굴로 달려오잖니 자자, 그럼 열 맞춰 봐요 너무 떠들지 말고 쑥아, 넌 나싱개 그만 좀 괴롭히렴 종달새들아 너희들 저리 가서 공놀이하면 안 되겠니?

봄날이 왁자지껄 시끌시끌 반짝이겠지

침대에 대하여

침대가 내게 말했다. 나는 너의 시종, 버려질 때까지 너와 함께하겠다. 너의 안락한 잠과 편한 휴식을 위해 나의 전체를 바치겠다. 너의 비밀과 거짓, 기도와 버릇에 관하여 말하지 않겠다. 침묵은 나의 종교. 너의 등이 닿을 때 나는 숨을 쉰다. 네 등으로부터 전해 오는 은밀한 숨결을 애무하며 나는 때로 부드럽고 감미롭다. 날마다 너의 추억은 와서 쌓인다. 나는 너의 집, 너의 몸, 너와의 동체 그러나 물과 햇빛처럼 미끄러지고 흘러내린다.

탁본

하늘이 열서너 마리 구름들을 방목하고 있다

목장에는 바람이 불지 않는지

구름들은 한자리에 앉아 골똘하게 명상 중이다

저 느린 산책을 탁본하여 마음의 방에 걸어둔다

통일을 위하여

나 죽기 전에 통일이 온다면
저 북쪽 신의주나 블라디보스토크에
직장을 내어 살고 싶다 살다가 향수병 도지면
그때야 고향을 방문하리라
완행열차 창가에 앉아 조국 산천을
천천히 읽으리라 병풍처럼 둘러친 산이며
곡선으로 휘어져 흐르는 강과 꽃처럼 피어나는
인가의 불빛과 흙먼지 이는 전답들과 공중을 나는 새들과
도열한 나무들과 멀리서 손 흔드는 아이들 손
일일이 밑줄 그으며 꼼꼼하게 읽고 또
읽어내리라 나 죽기 전 통일이 온다면 저 북쪽
신의주나 블라디보스토크에 살면서
억센 사투리들과 밥과 술 나누며
내 고향 남쪽을 글썽글썽 그리워하리라

풀벌레 울음

풀숲 자욱한

풀벌레 울음

공중을 흐르는

반짝반짝

푸른 시냇물

한낮

햇살 머리통

간신히 밀어내고

헝겊 쪼가리들

누빈 옷처럼

옹색하게 마련한

두세 평 그늘

더위에 지친 새

들어와

첨벙첨벙

그늘 튀기다 가는

마을 회관 공터

깃광목 차일

홍옥 혹은 시에 대하여

홍옥이 사라지고 있다. 신맛을 꺼려하는 사람들 입맛 때문에 점차 홍옥이 설 자리를 잃어가고 있는 것이다. 사과의 대명사였던 홍옥의 처지가 딱하게 되었다. 기호와 취향의 변덕 때문에 사라지는 것 어디 홍옥뿐이랴.

후회

후회가 없는 삶처럼 밋밋하고 밍밍한 생은 없다. 그대의 일생이 강물처럼 푸르게 일렁이는 것은 그대가 살아오면서 저지른 실수의 파고 때문이다. 후회는 생활의 교사, 후회가 없는 삶을 후회하여라.

흘러넘치다

어릴 적 시골집에는
흘러넘치는 것들 천지였습니다

뒤곁에는 고요가 고여
흘러넘치고 앞마당엔 햇살이 쌓여
흘러넘치고 뜰팡 어머니가 벗어놓은
고무신엔 밤새 뒷산에서
울던 새소리 한가득 차서 흘러넘치고

마루에는 달빛이
윤슬처럼 반짝반짝 흐르고
부엌엔 한낮에도 졸졸졸
어둠의 물이 새고
우리마다에 가축들 울음이 질펀하고
시도 때도 없이
할머니 엄니 구시렁대는 잔소리가
귀에 따갑고

살구나무 감나무 밤나무
대추나무 밑 둘레엔

가지와 줄기와 이파리에서
흘러내린 그늘이 넘실거렸죠

이렇듯 알뜰, 살뜰하게
흘러넘치던 시골집은
이제 내 마음에 들어앉아
떠올리고 호명할 때마다
그리운 것들을 내게
흘려보내고 있습니다

흘리다

1.

나이 드니 흘리는 일 많아졌다
물을, 커피를, 술을, 밥알을
눈물과 땀과 피를
안경과 지갑과 여권과 가방을
술 취한 날은 옷을 흘릴 때도 있다

이렇게도 나는 가련한 놈
자꾸자꾸 무얼 흘리며 산다
기억을, 내 안의 너를
정신 줄을 놓치고
생을 찔금, 찔금 흘리며
망각의 텅 빈 포대 자루가 되어간다

2.

어릴 적엔 침과 콧물을 자주 흘리고
청년 때는 연애와 시대를 핑계로 눈물을 흘리고
나이 드니 정신을 흘리는 일이 많아졌다

흘리는 일은 나를 빼앗기는 일

그러나 텃밭에 물 주러 가는 아낙이
무심결에 흘린 물 때문에
가뭄 타던 잡초들이 기쁘게 살아나듯

흘리는 일은 때로 거룩하기도 한 일

58년 개띠를 위한 찬가

친구여, 어느새 흰머리 무성하고
계단은 무릎 관절을 튕겨
검은 저음의 울음을 토해 내고
누군가 비명했다는 부음 문자가 날아오지만
행여 주눅 들거나 의기소침하지 마시게
한 숨이 죽고
한 숨이 태어나는 육십갑자
친구여, 술 한 잔 받으시게나
옥수수빵, 몽당연필, 도시락, 사이다
교련복, 국기 하강식, 대한뉴스
장발, 통기타, 생맥주
중동 건설, 아파트, IMF 등속
참으로 숨 가쁘게 살아온
친구여, 노래 한 곡 들으시게나
나무가 피우는 꽃은 모두가 젊다네
고목이 피운 꽃으로도 벌과 나비는 날아든다네
아침에 태어나 저녁에 죽는 그늘처럼
우리는 날마다 생의 부활을 살아가세나
친구여, 더운 술 한 잔 받으시게나

해 설

가을의 존재론

김경복(문학평론가, 경남대 교수)

가을이 컹컹 짖고 있다

—「만추」 부분

하나의 강렬한 이미지가 존재를 변환시킨다. 이번 이재무 시인의 시집을 읽는 가운데 마음을 뒤흔드는 시구 앞에 하루가 어떻게 흘러가는지도 모르게 쩔쩔맨다. 스산한 바람이 불어온 듯 소름 돋은 살갗으로 한나절이, 한 계절이, 한 생애가 어떻게 저물었는지도 모른 채 떨고 있는 것 같다. 삶이 문득 처연해지고 애틋하다는 생각이 든다. 시가 이렇게 나의 마음을 흔들 수 있구나. G. 바슐라르가 말한 바 있는 좋은 이미지가 깊은 울림을 주어 존재 변환을 시킨다의 내용이 바로 이와 같은 경우일까? 시인은 어떤 감정을 가졌기에 저와 같은 표현을 쓰게 되었을까? 여러 생각이 뭉게뭉게 피어오른다. 해소될 길 없는 생각의 첩첩함!

시인이 이 제목을 사용한 까닭에 대해서는 짐작된다. 이미 다 무르익어 조락凋落만 기다리는 늦가을, 절정이 지나간 뒤의 쓸쓸함과 아련함이 감도는 시간을 만추晩秋라 본다면 자신의 현실적 삶이 그와 같다는 의미일 것이다. 시인도 이제 예순을 넘은 나이가 주는 감각에 의해 「만추」에서 "가을도 인생도 저물어 깊어지면 그새 길어진 산 그림자 홑이불 되어 마을을 덮어오지"라고 '저물다'는 것과 관련지어 가을 이미지를 쓰고 있다. 문제는 그 가을의 감각을, 저물고 기울어가는 느낌을 개 짖는 소리라 할 수 있는 '컹컹 짖는' 소리에 빗대고 있는 점이다. 무엇이 시간적 이슥함에 해당하는 저묾을 컹컹 짖는 소리로 형상화하게 하였을까?

가을을 짐승에 빗대는 존재론적 은유의 사용 자체도 놀라운 것이지만, 시각의 청각화라는 공감각적 심상에서 발생하는 감각적 전이의 기이함은 말로 다 설명할 수 없는 놀라움과 황홀함을 주고 있다. 기법이 주는 기이함뿐만 아니라 이 시의 배경이 될 수 있는 감각적 체험 또한 놀라움과 신선함을 더욱 부추기고 있다. 이런 점은 이재무 시인의 시작법상에 따른 특이성이 드러나는 부분이라 해도 좋을 것이다. 시적 정보에 해당하는 감각에 대해서는 시인의 성장과 관련된 농촌 체험 속에서 저묾, 즉 저녁의 심상이 개 짖는 소리와 연관되어 있다고도 해석해 볼 수 있다. 실제 우리 유년의 감각 속에는 어둠이 깃드는 들녘과 함께 굴뚝에 피어오르는 밥 짓는 연기, 그리고 들일을 마치고 돌아오는 식구들, 그들을 향해 사립문 밖까지 나와 반갑게 맞이하는 개 짖는 소리 등이 하나의 영상으로 맺혀 있다. 그런 정도에서 저녁과 가을이 갖는 조락의 감각을 개의 울음소리로 대치했다고 보아도 괜찮을 것이다.

그렇지만 이 시구절이 주는 감각은 무엇인가 더 있는 것 같다. 그것은 가을이 행위의 주체가 됨으로써 가을이라는 풍경이 하나의 생명체가 되어 '짖는', 즉 저묾이라는 시간과 공간의 가을 풍경이 시적 화자에게 큰 소리로 뭐라 말을 건네는 느낌을 받는 데서 발생한다. 쓸쓸한 가을 풍경이 보는 것에서 그치지 않고 보는 이의 마음을 울리게 하는 소리로 변하여 일상의 권태에 절어 무미건조하게 살아가는 사람들을 후려쳐 깨우는 듯한 느낌이 들게끔 하고 있는 것이다. 생각해 보면, 가령 만추의 표상이라 할 수 있는 울긋불긋한 단풍은 무심하게 살아가는 우리들에게 불현듯, 정말 갑작스레 눈에 툭 튀어나와 세월이 벌써 이렇게 되었나 하는 놀라움을 줄 때가 있는데, 그때 늦가을의 풍경은 무심한 세월 속에 흘러가는 우리들을 정신 차리게 하는 죽비 소리와 같은 것이라 할 수 있다. 그런 상황에서의 가을 풍경은 일상적 감각에 매몰된 우리를 깨우기 위해 말을 건넨다고 볼 수 있다.

아니면 이 구절은 가을이 입을 벌리고 이제 너의 청춘은 끝났다라고 하며 잔인한 깨우침을 내리는 듯도 싶고, 곧 겨울이 오는 추위의 차원에서 이제 쓸쓸한 노년의 삶 이후를 준비하여라 하는 말을 "컹컹" 짖는 음산한 울음소리로 예감해 주는 듯도 싶다. 설명할수록 시의 감흥을 떨어뜨리는 감이 있지만 말로 다 풀이할 수 없는 여운과 신비가 남는 것은 사실이다. 다시 말해 이 시구절은 읽는 우리에게 쓸쓸함과 불안함, 애틋함과 아련함, 스산함과 애통함 등의 여러 감정을 복잡하게 환기해 내고 있다는 점이다. 그렇지만 그 어떤 감정이라도 그것은 저묾, 즉 늙어감에 따른 감회로 수렴된다는 점에서 이 시구절은 노년의 실존적 감각, 존재론적 차원에서 노년이라는 인생의 한 국면을 표상해 내고 있는 것은 틀림없다.

이재무 시인에게 이 주제가 이번 시집의 가장 중요하고 첨예한 시적 대상이 되고 있다는 점은 놀라운 일이자 안타까운 점이라 하지 않을 수 없다. 청춘의 정열과 세계의 불의에 대한 저항으로 치열하던 시인에게도 이제 시간의 무게가 저렇게 켜켜이 내려 쌓여 삶의 스산함과 쓸쓸함이 짙게 풍겨 나오고 있기 때문이다. 그러나 그 스산함 속에 번득이는 맥동이 느껴짐은 아직 이재무 시인의 기질적 특성이 살아있다는 것으로 여겨지게 하여 다행이라는 생각을 들게 한다. 이에 우리는 늙어감을 숙고하여 제 나름의 독특한 이미지로 제시하는 시인의 의식의 결을 제 존재의 실감으로 느끼고 알기 위해 이재무 시인이 그리는 시적 풍경 속을 좀 더 에둘러 보아야 할 것이다.

노년의 존재론, 그 위로와 혜안

모든 사유의 끝은 존재에 대한 성찰로 이어진다. 그것도

'나'라는 존재는 무엇인가 하는 자아성찰이 중심 화두가 된다. 이재무 시인의 이전 시에서도 그런 점이 계속 있었지만 이번 시집은 예순과 환갑이라는 나이를 겪으면서 느끼는 감회, 특히 한 생의 매듭을 지을 나이가 되었다는 생각에서 비롯된 의식이 시적 중심 요소로 작용함으로써 남다른 느낌을 갖게 한다. 존재론적 사유는 그 어느 시기에도 가능하지만 생의 전환기에 그 깊이에 대한 감각이 남다르다는 점에서 이번 시집에서 보여 주는 시인의 사유는 예사롭지 않은 것이다. 삶의 무상함, 혹은 죽음이라는 존재의 멸절에 대해 보다 실감할 수 있는 이 시기의 자아성찰은 이전 시에서는 볼 수 없는 깊은 그림자를 드리우며 노년이라는 시간이 갖는 존재론적 사유와 슬픔을 드러내고 있다. 다음 시편들이 이를 잘 보여 준다.

인간 이재무는 아버지 이관범과 어머니 안종금 사이에서 태어난 육 남매 중 장남이다.

이재무는 시를 쓰고 출판 일을 하는 사람으로서 지금 사무실에 와있다.

하나의 '이다'와 수백 개의 '있다'로 구성된 존재가 지금의 '나'이다.

—「실존주의」 전문

태어나 말 배운 뒤

엄마를 반대하다가

코 밑 수염이 생겨난 뒤로

아버지를 반대하다가

신발의 문수

바꾸지 않게 된 뒤로부터

독재를 반대하다가

배 불룩 나온 뒤로부터

아내를 반대하다가

나 어느새 머리칼

하얀 중노인이 되어버렸다

—「일생」 전문

이번 시집에서 가장 중요한 의식의 하나를 들라면 바로 「실존주의」에서 보이는 "하나의 '이다'와 수백 개의 '있다'로 구성된 존재가 지금의 '나'이다"의 '지금의 나'라는 인식이다. 지금의 '나'는 아버지와 어머니의 자식으로 태어난 것도 중요하지만, "시를 쓰고 출판 일을 하는 사람으로서 지금 사무실에 와있"는 실존적 삶의 특성으로서 현존의 의미를 드러내는 것이 더 중요하다는 인식을 보여 준다. 그것은 일정한 삶을 살아낸 역사적 실체로서 현재의 '나', 즉 태어나 자라면서 삶의 어떤 의미를 일정하게 실현한 주체로서의 '나'를 중시한다는 의미다. 그런 점에서 '지금의 나'는 자신이 세상 속에 드러내 보일 수 있는 '의미 있는 나'이자, 세상 사람들이 인정할 수 있는 일정한 '사회적 의미가 부여된 나'다. 이 '나'에 대해서 시적 화자는 일단 그의 탄생과 성장, 활동과 가치 실현 등에 의미 있는 존재로 태어났고, 가치 있게 살았다고 보고 있는 것이다. 객관적이고도 긍정적인 자기 인식이다.

그러나 나이 든 사람으로서 행하는 자아성찰과 관련된 사색은 늘 존재의 결핍이 문제시된다. 「일생」은 제 삶의 과정이 '반대'로 압축된 실천적 행위로 일관되어 일정 부분 삶의 의미를 획득하였지만, "나 어느새 머리칼/ 하얀 중노인이 되어버렸다"에서 볼 수 있듯이 그 어떤 의미도 퇴색하고 마는 '머리칼 하얀 중노인'의 씁쓸한 존재가 되고 말았다는 서글픔을 토로하고 있다. 이것은 존재의 필연성 차원에서 발생하는 늙음의 문제에 대한 탄식이다. 이러한 존재의 무상함에 대한 감상이나 인식은 이번 시집에서 "작년에도 재작년에도 오 년 전,/ 십 년 전에도 간이역을 지나가는 급행열차처럼/ 나를 빠르게 가을은 지나쳐갔네"(「간이역처럼」)로 나타나기도 하고, "나이 드니 흘리는 일 많아졌다/ 물을, 커피를, 술을, 밥알을/ 눈물과 땀과 피를/ 안경과 지갑과 여권과 가방을/ 술 취한 날은 옷을 흘릴 때도 있다// …(중략)… //기억을, 내 안의 너를/ 정신 줄을 놓치고/ 생을 찔금, 찔금 흘리며/ 망각의 텅 빈 포대 자루가 되어간다"(「흘리다」)로 표현하여 삶의 서글픔으로 나타나기도 한다.

그러나 이재무 시인에게 늙음은 후회나 한탄의 대상은 아니다. 자신의 청춘을 가장 정열적이면서 역사적 치열성을 갖고 보낸 것으로 생각해 늙어감 자체를 긍정적으로 여기고 있거나 보다 고차원적으로 삶을 이해해 가는 과정으로 여기는 것이다. 다음과 같은 시가 이를 말해 준다.

옥수수빵, 몽당연필, 도시락, 사이다
교련복, 국기 하강식, 대한뉴스
장발, 통기타, 생맥주
중동 건설, 아파트, IMF 등속
참으로 숨 가쁘게 살아온
친구여, 노래 한 곡 들으시게나
나무가 피우는 꽃은 모두가 젊다네
고목이 피운 꽃으로도 벌과 나비는 날아든다네
아침에 태어나 저녁에 죽는 그늘처럼
우리는 날마다 생의 부활을 살아가세나
친구여, 더운 술 한 잔 받으시게나

—「58년 개띠를 위한 찬가」 부분

어릴 적엔 침과 콧물을 자주 흘리고
청년 때는 연애와 시대를 핑계로 눈물을 흘리고
나이 드니 정신을 흘리는 일이 많아졌다

흘리는 일은 나를 빼앗기는 일

그러나 텃밭에 물 주러 가는 아낙이
무심결에 흘린 물 때문에
가뭄 타던 잡초들이 기쁘게 살아나듯

흘리는 일은 때로 거룩하기도 한 일

—「흘리다」 부분

이 두 편의 시는 모두 현재의 나이, 즉 노년에 해당하는 연륜을 의식한 상태를 시적 대상으로 삼아 늙음이 결코 부끄러워하거나 감출 것이 아님을 표현하고 있다. 「58년 개띠를 위한 찬가」는 60의 나이를 넘긴 "참으로 숨 가쁘게 살아온/ 친구"들에게 주어진 역사적 책무를 나하였기에 기죽지 말고, "아침에 태어나 저녁에 죽는 그늘처럼/ 우리는 날마다 생의 부활을 살아가"는 존재로 당당할 것을 주문하면서 동시에 그들의 쓸쓸한 현재를 위로하고 있다. 이것은 이 나이의 삶에 대해 긍정하고, 자신의 역사적 존재로서 삶이 가치 있음을 주장하는 것이다. 그런 점에서 비록 조금 애수어린 목소리로 생물학적 나이와 늙음에 대해 안쓰러워하는 연민의 마음을 담고 있지만, 사회적 기피나 홀대에 대해 주눅 들 필요가 없다는 위로의 말이 더 중요한 메시지로 전달되면서 보는 이의 마음을 매우 따뜻하게 녹여 주고 있다.

이 점은 「흘리다」에서도 일관된 관점으로 나타나지만 이 시에서는 한 발 더 나아가 늙는다는 것이, 즉 "흘리는 일은 나를 빼앗기는 일"로서 "때로 거룩하기도 한 일"이 되기도 함을 역설하고 있다. 늙는 것은 잘 흘려 나를 잃어버리는 것으로서 빼앗기는 것이 되지만, 그것은 보다 큰 틀로 보자면 나의 경직된 일면을 포기하여 보다 큰 전체에 합일하여 가는 것, 그리하여 마치 물을 흘려 "가뭄 타던 잡초들이 기쁘게 살아나"게 하듯 모든 존재들의 화합과 구원의 실마리가 될 수도 있다는 것을 일깨워 주고 있다. 늙음의 자리가 폐기와 외면의 자리가 아니라 상생과 구원의 자리로 매겨질 수 있다는 인식은 보다 큰 시야에서 삶과 존재를 바라보는 것에 해당한다. 그렇기에 이것은 세속적 관점에서 바라볼 때 매우 놀라운 역설적 인식이다. 시인이야말로 세속적 가치에 저항하여 생명적 가치, 천상적 가치에 주목하여야 하지 않겠는가.

이러한 관점에 서있음으로 인해 이재무 시인에게 나이듦은 부정과 퇴색의 대상이 될 수 없다. 나이 들고 오래 사는 것은 보다 큰 세계로의 이행이자 인식의 확장이다. 그런 점에서 "나무도 한 삼백 년 살면 한 권의 두꺼운 사상이 되고 철학이 된다 더 오래 한 천 년 살면 종교가 된다"(「고목」)라는 잠언적 경구는 삶과 존재에 대한 깊은 사유의 끝에 나오는 것으로 볼 수 있다. 태어남과 죽음을 한 쌍으로 하여 늙어감이 갖는 '경륜經綸', 즉 세상을 바라보는 철학이나 종교가 결국 늙음이 갖는 통찰이나 혜안이라는 인식을 가짐으로써 노년의 존재론이 인생의 국면에서 아주 중요한 실존적 장이 됨을 보여 주는 것이다. 이런 관점에 와서 보자면 앞의 "가을이 컹컹 짖고 있다"는 이미지는 결코 스산한 것만은 아니다. 오히려 저물 무렵 사립문 밖에까지 나와 컹컹 짖어줌으로써 어둠에 물들어 가는 존재들이 나아가야 할 방향을 가르쳐주거나 생명의 온기를 느끼게끔 해주는 따뜻한 이미지일 수도 있는 것이다. 울림이 강한 이미지는 해석의 다양성을 기다리며 의미의 풍부성을 그 안에 깊이 쌓아두고 있다.

삶에 대한 깨달음과 반성 의식

존재에 대한 성찰은 자신의 삶에 대한 성찰과 떼려야 뗄 수 없는 관계를 가진다. 자기에 대한 사유는 자기에 대한 의식을 넘어 점차 자신을 둘러싼 실존적 현실에 대한 의미 파악으로 나아간다. '나'란 존재는 결코 독불장군으로 존재하는 것이 아님을 깨달으며 관계 속의 나에 대한 탐구와 함께 여러 사회적 관계를 잘 유지하는 나이기를 바라는 형태로 의식을 진전시켜 나가는 것이다. 그것은 결국 존재에 대한 성찰이자 삶에 대한 성찰이다. 노년의 존재론에 대한 사색은 노년에 이르기까지의 나의 삶에 대한 사색일 수밖에 없는 것이다. 이것을 잘 보여 주는 것들이 다음 시편들이다.

> 나는 60년째 집으로 돌아가고 있는 중이다. 아직 저 멀리 돌아갈 집은 아득하지만 점점 더 가까이 다가가고 있는 것만은 확실하다. 집에 당도할 때까지 울지 말아야 한다. 울음은 집에 가서 울도록 하자.
>
> —「귀가」 전문

새에게 덤불은 얼마나 아늑한가

바람과 비와 눈을 피할 수 있는 곳,
번철처럼 타오르는 햇빛과
바늘처럼 아픈 추위를 막아주는 곳,

집을 지어 알을 낳고 새끼를 치며
슬플 때 즐거울 때 노래를 부를 수 있는 곳,
이른 아침 이슬로 목을 축이고
한밤중 달빛을 덮고 잠을 자는 곳,

새에게 덤불은 얼마나 아늑한가

내가 한 마리 새로 세상을
주유할 때 먼 곳에서 자주 떠올리는
덤불 같은 집은 얼마나 아늑한가

—「덤불에 대하여」 전문

두 편의 시는 이재무 시인이 깨달은 삶에 대한 생각을 드러내 주고 있다. 「귀가」는 삶 자체가 "나는 60년째 집으로 돌아가고 있는 중"이라는 표현을 통해 '돌아감'의 과정이라는 것을 보여 준다. 삶이 곧 돌아감이라는 인식은 우리의 일상적 삶에서 중요하게 여기는 속도나 경쟁, 효율이나 목표의 의미를 다시 한 번쯤 생각하게 하는 발상이다. 시에서 이 돌아감과 함께 중요한 의미의 시어는 "돌아갈 집"이다. 집은 가족이 기다리고 있음으로 인해 휴식과 재충전이 보장되는 안락한 공간이다. 삶의 끝에 마주할 수밖에 없는 죽음, 즉 탄생에 맞물려 있는 죽음이 다시 탄생의 공간으로 돌아가게 됨에 따라 결코 쓸쓸하거나 허망한 것이 아니라 가족이 기다리고 있는 집과 같은 것으로 존재의 휴식과 재충전의 공간이 됨을 암시하고 있다. 따라서 그 집에 도착하여 울음을 울겠다는 시적 화자의 다짐은 존재의 소멸에 해당하는 죽음의 순간에서야 진정한 존재의 표지로서의 '울음'을 드러내겠다는 역설적 인식을 보여 주는 것이다. 이러한 인식은 일상적 관점에 서있는 사람으로서는 쉽게 이해할 수 없는 부분이다. 그러나 그러한 언명이 얼마나 삶의 소멸이 가져다주는 공포와 쓸쓸함에 대해 위안이 되고 밝은 지혜가 되는가 하는 점을 느끼게 한다.

그러한 차원에서 「덤불에 대하여」도 가슴 따뜻하게 존재의 가슴을 적시는 작품이라 할 수 있다. 표면적 차원으로 볼 때 덤불로 표상된 집은 '새의 집', 혹은 세상에 존재하는 '나의 집'을 뜻한다. 그 집이 가족들의 거처로서 따뜻한 생의 위안과 평화가 되었을 것임을 넉넉히 짐작할 수 있다. 현존재의 외로움을 달래주는 기억 속의 집은 따뜻하고 부드러운 덤불 이미지로 형상화되어 구체성과 진정성을 충분히 담아내고 있다. 그러나 이 시의 덤불 집은 존재를 구원할 공간에 해당하는 것으로 본다면 결국 「귀가」에서 말하는 '돌아가야 할 집'의 의미를 가진다. 그것은 유년의 집이기도 하지만 근원적 차원에서 존재가 끝내 돌아가야 할 죽음의 공간이다. 시인 이재무에게 죽음이 이렇게 안온하고 부드러운 형태로 그려지고 있다는 것은 놀라운 일이다. 이 지점에 와서 앞의 '가을이 컹컹 짖는다'의 이미지는 스산함을 넘어 오히려 생명의 충일함이 넘실대는 이미지로 생각해 볼 수 있다. 근원에서 떨어져 나간 존재들에게 본질로 돌아오라는 메시지로 그 가을의 정경과 청각적 감각을 풀이한다면 그 이미지의 결은 매우 생동감 있는 것으로 볼 수 있는 것이다.

삶에 대한 깨달음은 현실적 삶의 반성으로 곧잘 이어진다. 이재무 시에서 삶에 대한 반성은 삶과 죽음이라는 하나의 주기적 과정을 전체로 바라보게 됨으로써 발생하는 거시적 안목이다. 삶 그 자체에 매몰된 상태에서 빠져나와 보다 우주적이고 총체적인 관점에서 삶을 바라보려는 의지의 태도이기도 한 것이다. 다음 시편들이 바로 그와 같은 경우가 아닐까.

새삼 두 손을 번갈아 바라본다
참 죄가 많은 손이다
여자 손처럼 앙증맞은 이 손으로 나는
얼마나 큰 죄를 저질러왔던가
불의한 손과 악수를 나누고 치솟는 분노로
병을 깨고 멱살을 잡고, 음흉하게 돈을 세고
거래를 위해 술잔을 잡고
쾌락을 위해 성기를 잡고, 잡아왔던가
왼손이 한 일을 속속들이 알고 있는 오른손이
물끄러미 내 얼굴을 바라다본다
펼친 손에는 내가 걸어온 크고 작은 길들이

지울 수 없는 금으로 새겨져 있다

—「손」 부분

겨울밤이 길어 지은 죄를 지우고

다시 죄를 쓴다

겨울밤은 반성하기 좋은 밤이고

죄짓기 좋은 밤이다

겨울밤이 깊어갈수록 죄도 투명해진다

나는 악인이었다가

천사였다가 쫓는 자였다가

쫓기는 자가 된다

몸으로 지은 죄를 머리로

벌하고 머리로 지은 죄를

몸으로 지우는 겨울밤은 깊고 길다

—「겨울밤」 부분

나이 든 사람으로서 자신을 조금도 가리지 않고 담담하고 담백하게 드러내 보여 준다는 점에서 아름다운 작품이다. 모두 현실적 삶에서 열심히 산다는 것이 어찌 보면 죄를 짓는 것이 되지나 않았을까 하는 점을 반성하고 있다. 「손」에서 시적 화자는 지금의 나이에 이르게 됨으로써 "새삼 두 손을 번갈아 바라"보게 된다. "새삼"이 갖는 의미는 일상적이고도 세속적 삶의 상태에서 일정 부분 벗어나게 되었다는 표지다. 그때 일상적 행위를 열심히 살아낸 손은 "참 죄가 많은 손"이 된다. "여자 손처럼 앙증맞은 이 손으로" 현실적 삶을 잘 산다고 하였지만 보다 큰 차원에서, 생의 진실을 알게 된 나이에서 바라보면 자신의 손은 "얼마나 큰 죄를 저질러왔던가"로 탄식의 대상이 되는 것이다. 그 죄의 역사에 대해 "펼친 손에는 내가 걸어온 크고 작은 길들이/ 지울 수 없는 금으로 새겨져 있다"는 인식은 처절한 자기반성이자 치열한 운명 갱신의 의지다. 반성은 자신의 잘못에 대한 비판을 통해 갱신의 세계로 나아가고자 하는 의지이므로 이러한 반성 의식의 작품은 삶에 대한 진정한 깨달음의 세계로 나아가고자 하는 소망의 다른 표현인 것이다.

이러한 해석은 「겨울밤」의 내용 풀이에도 그대로 적용될 수 있다. 이 시에 보이는 시적 화자는 자신의 삶 가운데 의식적, 무의식적으로 저질렀을 죄에 대한 깊은 회한과 고통에 싸여 있다. 시적 배경이 되는 "겨울밤"은 봄, 여름, 가을이라는 시간대를 지난 것이라는 점에서 인간으로 치자면 노년의 시간대에 해당한다(이재무 시에서 가을과 겨울은 같은 값어치를 지닌 시간적 관념이다). 이 시 역시 나이 들게 됨에 따라 발생하는 인식의 확장으로 의식 없이 살았던 삶 속에서 발생했을 자신의 죄에 대해 고통스러워한다. "몸으로 지은 죄를 머리로/ 벌하고 머리로 지은 죄를/ 몸으로 지우는 겨울밤은 깊고 길다"는 표현은 자신의 삶의 첩첩함뿐만 아니라 죄를 짓고 살 수밖에 없는 인간 존재에 대한 깊은 탄식이 깔려 있다. 존재론적 차원의 고통과 함께 성숙의 감각을 제공하는 이 시는 늙어감이 과연 인간에게 무엇인가 하는 근원적 질문을 하게 만든다.

이러한 반성적 인식을 통한 생의 성숙은 "아, 나는 너무 쉽게 열리고 닫히는 서랍이었다"(「서랍에 대하여」)라고 하여 한편으로 인색하면서도 한편으로 가벼웠던 자신의 삶을 반성하게 하고, "예순한 살,/ 그러니까 나는 엄니의 배 속을 나와 육십 년째 형을 살고 있는 셈이다.// 형기를 마치고 출옥할 년도를 나는 모른다"(「종신형」)라고 하여 삶 그 자체가 형벌일지도 모른다는 생각을 가져보게 한다. 이러한 반성과 깨달음은 삶의 참된 지향으로서 길이 무엇인지를 나이 듦에 따라 좀 더 실감으로 느끼게 되었다는 뜻이자, 이제 세속적 · 물질적 욕망에 좀 더 자유로워지고 초연해질 수 있어 존재의 본질에 집중하게 되었다는 것으로 풀이해 볼 수 있다.

의인관적 세계관과 영혼 정련

시의 본질은 세계의 의인화에 있다. 참된 존재의 궁극적 지향은 신성의 회복에 있다. 이재무 시인이 추구하는 노년의 존재론은 놀랍게도 시적 세계관과 존재의 성화聖化가 행복하게 맞물리는 데에 있다. 시적 세계관이 사물에게 인격을 부여하여 신성을 획득하는 것이고 존재의 궁극은 자연적 사물과 하나가 됨으로써 영원한 존재가 되고 싶은 것이라면, 이 둘은 이재무 시에서 행복한 화학적 결합을 할 수 있고 실제 그렇게 하고 있다. 이렇게 볼 수 있는 근거는 이재무 시에 나타나는 시적 사고가 상당 부분 삶의 쓸쓸함에 토대를 둔 상태에서 이 세계에 대해 깊은 애정을 보여 주고 있기 때문이다. 특히 인간의 세속적 욕망이나 편협한 이성적 인식을 걷어내고 세계와 하나가 되고자 하는 의식은 시적 대상과 자신을 맑게 정화시켜 생의 활기로 가득 차게 한다. 그때 노년의 삶은 활기와 가치로 충만한 빛나는 삶의 한 부분이 된다. 다음 시편들이 바로 그런 경우를 보여 준다.

이번 주말에는 시외로 나가 들판에 서서 큰 소리로 출석을 부르려 한다

매화 개나리 쑥 나싱개 원추리 산수유…… 네 네 네 네
저기 진달래는 좀 늦을 거예요 걔는 항상 수업 도중에 헐레벌떡 불그죽죽한 얼굴로 달려오잖니 자자, 그럼 열 맞춰봐요 너무 떠들지 말고 쑥아, 넌 나싱개 그만 좀 괴롭히렴 종달새들아 너희들 저리 가서 공놀이하면 안 되겠니?

봄날이 왁자지껄 시끌시끌 반짝이겠지

—「출석부」 전문

늦은 밤 집에 들어와 벽을 더듬어 스위치를 올리면, 물샐틈없이 방 안 가득 빼곡하게 들어차 있다가 화들짝 놀라 소리 없이 비명을 지르며 순식간에 사라져 책장 뒤, 책 속 페이지, 옷장 속, 침대 밑에 숨죽여 있다가 자려고 다시 스위치를 내리면 소리 없이 함성을 질러대며 일시에 뛰쳐나와 방 안을 삽시에 점령해 버리는, 바퀴벌레과에 속한, 광

속처럼 빠른 발을 지닌, 유사 이래 빛과 더불어 가장 오래
된 족속

—「어둠」 전문

두 편의 시는 사물의 의인화, 다시 말해 사물에 정령을 부여하여 살아있는 인격적 존재로 바라보는 의인관적 세계관을 드러내고 있다. 「출석부」는 봄을 맞는 시적 화자에게 봄꽃이나 봄풀이 반가운 아이들로 전환됨으로써 생의 활기를 띠는, 즉 "봄날이 왁자지껄 시끌시끌 반짝이"는 대상으로 승화되는 기쁨을 표현하고 있다. 나이 듦에 따른 한적함이나 소외의 감정이 사물의 정령화에 의해 그 쓸쓸함의 감정을 덜어내고 있다. 이는 세계에 대한 인식의 전환을 통한 새로운 삶의 한 방편의 획득으로도 생각해 볼 수 있다. 나이 듦은 세계를 폭넓게, 여유 있게 바라볼 수 있게 하는 자리이자 시간인 것이다.

이러한 점은 「어둠」에서 어둡고 음산한, 그래서 마치 바퀴벌레와도 같이 두려운 "어둠"을 "유사 이래 빛과 더불어 가장 오래된 족속"이라는 생물적 특성을 부여함으로써 자신의 쓸쓸한 삶의 배경을 생명감 넘치는 세계로 묘사하고 있는 데서도 살펴볼 수 있다. 이때의 어둠은 시적 화자의 감정에 따라 반응하는 생명체가 됨으로써 쓸쓸할 수 있는 시적 화자의 삶에 활기와 의미를 불어넣어 주는 대상이 된다. 이는 물건이 살아있다는 물활론적物活論的 세계관으로서 시적 세계관의 한 양상이지만 노년의 존재론이 터득하는 모든 대

상은 가치 있는 것으로 존재한다는 성숙한 세계의식의 특성에 부합하는 것이기도 하다. 이재무 시인의 시집 곳곳에 보이는 자연 사물에 대한 애틋한 시선은 그것이 단순한 시적 수사에 의한 것이라기보다 노년의 삶이 취하는 존재 방식의 표현일 수 있다. 세계를 좀 더 성숙한 차원에서 이해하고자 하는 대상 인식의 방법일 수 있다는 것이다.

이러한 세계 인식은 곧 무엇을 말하는 것인가. 이번 시집에서 가장 아름답고 신비한 여운을 주는 시혼에 휩싸인 작품들이 이에 대한 해답을 알려 준다. 다음 작품들이 그런 경우다.

> 하늘이 열서너 마리 구름들을 방목하고 있다
>
> 목장에는 바람이 불지 않는지
>
> 구름들은 한자리에 앉아 골똘하게 명상 중이다
>
> 저 느린 산책을 탁본하여 마음의 방에 걸어둔다
>
> —「탁본」 전문

> 가을 깊어지면 파란색 셔츠를 입고 휘파람 불며 들길 걸으리
>
> 바람과 햇살에게 고개 숙여 지난 계절의 수고에 대해 경의를 표하리
>
> 먼 곳에 사는 정인에게 손 편지를 쓰고

구름 밀며 나는 새들에게 손 흔들어주리

산 너머 내가 가야 할 미래의 나라 서쪽 하늘을

우두커니 서서 한참을 바라보리

털갈이 마친 짐승이 되어 회색 면바지에 흙물 들도록 걷고 걸으리

더욱 차갑고 투명해진 개울물 소리 얻어다가 문장을 지으리

—「노래」 전문

이 두 편의 시에 와 존재와 삶이 그윽하게 익어가는 것을 볼 수 있고, 그것의 향기를 맡을 수 있다. 늙어감은 익어가는 것으로서 결실을 거두는 것, 그리하여 겨울에 해당하는 죽음의 시간을 대비하여 생명의 기운과 포자를 내 영혼 안에 새기는 시간대인 것이다. 이를 「탁본」이 잘 보여 준다. 「탁본」은 세계의 모습을 본뜬다는 단어의 뜻에 맞게 시적 화자는 "하늘이 열서너 마리 구름들을 방목하고 있"는 모습을 "탁본하여 마음의 방에 걸어"두는 것으로 마음의 평정을 얻고 있다. 자신의 마음 상태를 자연의 이치와 부합되게 함으로써 우주의 영원성을 나의 영원성으로 받아들겠다는 원망을 담고 있는 내용이다. 여기서 "탁본"이 가지는 마음의 시간대가 바로 문제적이다. 그것은 바로 늙음에 의해 열리는 혜안을 가리키는 것이 분명하다. 앞의 「고목」에서 보았듯이

나이를 먹는 것은 제 안의 신성을 깨워 세계와 보다 깊이 교감하는 것, 그리하여 나 자신도 자연의 한 부분으로 돌아가 세계의 무늬를 새길 수 있는 것으로 볼 수 있다. 이때의 상황이나 경지에 이르면, 세계는 하나의 경전이고 그것을 알아채는 이는 경륜이 가득한 현자가 된다. 그런 관점에서 이 작품은 이 세계의 모든 신들과 소통하기를 갈망하는 청정한 한 인간의 서원誓願을 보여 주는 작품으로서 신운神韻이 감도는 대목이라 할 만하다.

이 점은 「노래」 역시 마찬가지다. “산 너머 내가 가야 할 미래의 나라 서쪽 하늘을// 우두커니 서서 한참을 바라보”는 행위를 통해 노년의 존재가 취해야 할 영적 지향의 세계를 확인하고 있고, “털갈이 마친 짐승이 되어 회색 면바지에 흙물 들도록 걷고 걸으리// 더욱 차갑고 투명해진 개울물 소리 얻어다가 문장을 지으리”라는 표현을 통해 욕망의 초월을 통한 영적 정화의 세계를 획득한 모습을 보여 준다. 특히 “문장을 지으리”에서 보듯 시적 글쓰기를 하나의 영적 수련의 장으로 받아들이는 모습은 시혼의 생성과 단련이 존재의 성화와 맞물려 있음을 분명히 인식하고 있음을 보여 주는 부분이다. 이 시는 그런 점에서 영혼으로 세계와 교감하여 영원한 존재의 이치를 깨닫고 싶어 하는 영혼주의를 드러낸 것이라 할 수 있다. 알다시피 영혼은 물질의 한계를 벗어나는 것이며, 탄생과 죽음을 초월하여 영원한 세계로 나아가는 생명체의 본능이다. 영혼 불멸의 사상을 시로 노래할 수 있게 되는 것은 죽음의 기운이 가까이 다가온 노년의 시간 때문이라 할 수 있다. 그런 측면에서 이재무 시인의 최근 시는 시혼을 발휘하여 영혼을 정련하고 그것을 통해 존재의 구원을 얻고자 하는 대서원의 형식이다.

이러한 시편들은 이번 시집에서 여럿 보인다. 예를 들어 "부처의 향기가 난다는// 불암산 오르내리며// 철없는 아기가 된다// …(중략)…// 세상 어디를 주유하든// 내 안에 든 불암산을// 오르고 내려올 것이다"(「불암산에서」)라고 노래하고 있는 데서 볼 수 있는 "내 안에 든 불암산"의 이미지나, "저 고요의 마을에서// 일박할 수 없을까"(「고요의 마을」)에 나타난 "고요의 마을"의 이미지, 그리고 "긴 겨울 속으로 떠나기 위해// 채비에 여념이 없는 나무들// 떨굴 것은 떨구고 털 것은// 털어낸 뒤 맨몸 맨정신으로// 피정 가는 수사처럼// 시간의 먼 길 떠난다"(「가을 나무들」)에서 보이는 "피정 가는 수사"의 이미지는 다 영혼의 힘을 기르는 의미를 지닌 것으로 볼 수 있다. 영혼은 현재의 운명을 수긍하면서 다음 생의 도약을 가능케 하는 존재의 근원적 힘이다. 그런 점에서 노년이라는 시간이 이 영혼을 단련하기 좋은 시기라는 것을 상징화해 보여 주는 이재무의 시는 원형적 차원에서 인간의 운명에 대한 심원한 울림을 준다. 특히「가을 나무들」의 시에서 보듯 가을을 노년에 빗대어 "시간의 먼 길"을 떠날 준비의 시간으로 상상하는 것은 참으로 인간의 깊은 원망을 담아내고 있고, 이를 '컹컹 짖는' 울음소리로 특화해 낸 것은 기이하다 못해 신비롭다 할 것이다. 따라서 이 경지에 와서 '가을이 컹컹 짖다'의 의미는 좀 더 새롭게 해석되어야 할 것은 당연하다. 그것은 이재무 시인이 세계를 영적인 눈으로 감지하고 있다는 것, 영적 감식안으로 세계를 바라볼 때 가을은 영혼이 깨어나고 살찌는 계절임을, 즉 노년이라는 삶이 영혼의 풍요로움으로 한층 풍요롭고도 성숙한 삶의 형식이 될 수 있음을 말하고자 하는 것으로 해석할 수 있는 것이다.

존재의 실감을 표현하는 것은 그 어느 시기에도 가능하지만 존재의 실감을 제대로 감지할 수 있는 시기는 전환기일 것이며, 이 전환기의 감각은 그 어느 때보다 날 서있는 감각일 가능성이 클 것이다. 이재무 시인은 이제 노년의 입구에 서게 됨으로써 생의 실존과 존재의 성화에 대해 참으로 감각적이고도 구체적 형상으로 노래할 수 있게 되었고, 실제 그렇게 노래하고 있다. 그것은 가을의 상징과 관련된 저묾의 형식으로 나타나되, 특이하게 컹컹 짖는 청각적 심상과 결합되어 존재의 깊은 특성과 원망을 심도 있게 그려내고 있다. 노년의 존재론을 가을의 존재론으로 치환함으로써 좀 더 상상력의 풍요로움을 발생시키고 있어 의미가 풍부하다 못해 신비한 느낌을 준다. 그런 점에서 이재무의 시는 늘 새롭고 자신의 삶과 역사에 대해서 동시대성을 지니고 있다. 이번 시집은 인간과 인간의 운명에 대한 깊은 사색을 가을과 영혼의 관점에서 특이하게 전개시키고 있어 눈길을 끈다. 같은 인간의 한 사람으로서 시인의 영혼이 대도의 문에 이르길 빈다.